La fée au long nez

© 1985, l'école des loisirs, Paris
Loi n° 49 956 du 16 juillet 1949 sur les publications
destinées à la jeunesse : septembre 1985

Dépôt légal : juin 2006
Imprimé en France par Jean-Lamour à Maxéville

Claude Boujon
La fée au long nez

lutin poche de l'école des loisirs
11, rue de Sèvres, Paris 6ᵉ

Il était une fois une petite fée qui avait un très grand nez.
Elle ne l'aimait pas du tout.

De plus, ce vilain nez se mit un jour à couler et elle dut cesser de souhaiter la bienvenue aux nouveau-nés, de peur de leur passer son rhume.

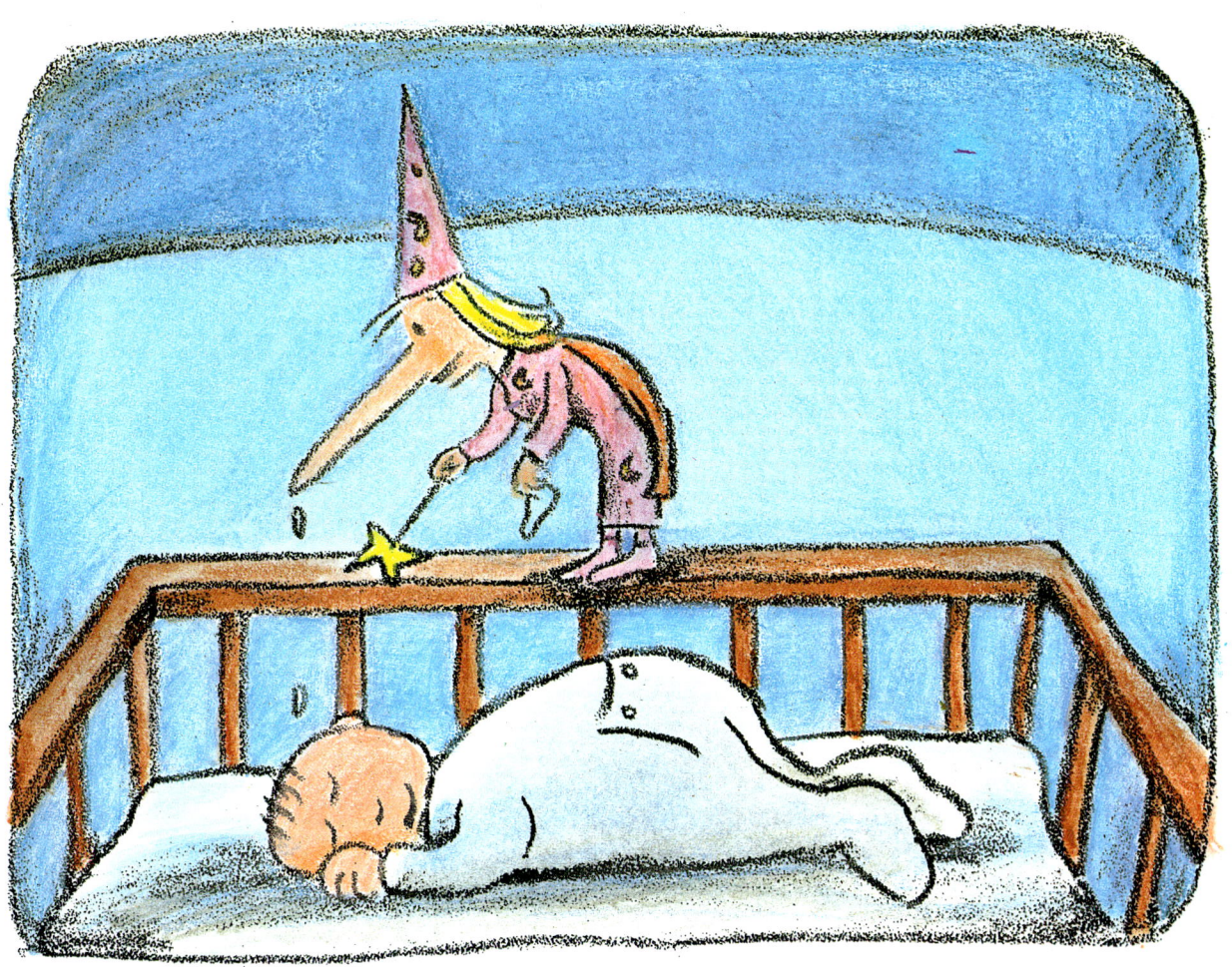

Ça ne pouvait plus durer et la petite fée décida de changer son nez à l'aide de sa baguette magique.

... il devenait bleu blanc rouge, mais il restait toujours aussi grand. Elle essaya sa baguette magique sur le nez des autres.

Ça marchait même à l'envers et elle mit des nez là où il n'y en a pas d'habitude.

«Cette baguette fait tout ce que je lui ordonne, sauf raccourcir mon nez», se dit la petite fée. Et elle partit rendre visite aux autres fées pour leur demander de l'aide.

Elle vit d'abord la fée Tignasse et lui demanda :
« Voudrais-tu ordonner à ta baguette magique de raccourcir mon nez ? La mienne ne veut pas le faire. »
« Je t'aurais volontiers rendu ce service », assura Tignasse, « mais ma baguette ne sait que rallonger. Regarde quels beaux cheveux elle m'a donnés. Ce sont les plus longs du monde. »
La petite fée repartit tout ébahie.

Elle vit ensuite la fée Carabosse et lui dit: «J'aimerais changer de nez mais ma baguette n'agit pas sur moi. Peux-tu m'aider avec la tienne?»
«C'est très facile», répondit Carabosse. «En une seconde ma baguette te donnera un nez aussi beau que le mien.»
«Non, non, merci!» s'écria la petite fée en s'enfuyant à toute allure.

Arrivée chez la fée Courant d'Air elle fut prise dans un vrai cyclone.
C'était très amusant mais la petite fée se dit: « Si je reste ici, moi et mon chapeau nous allons nous envoler. » Et elle se sauva sans rien demander.

Chez la Reine des Fées, elle fut tellement interloquée par la taille de ses pieds qu'elle ne put dire un mot. La Reine prit ça pour de la timidité et lui demanda: «As-tu un vœu à formuler?»
«Oui», dit la petite fée, «je voudrais un petit nez.»
«Ma baguette peut te le donner», dit la Reine, «mais en même temps elle te donnera de grandes mains, de grandes oreilles ou… de grands pieds. A toi de choisir.»
Ce n'était pas ce que voulait la petite fée et elle prit congé.

Rentrée chez elle, elle se dit: «Les baguettes magiques ne sont plus ce qu'elles étaient.» Et elle cassa la sienne. A l'instant même elle sentit, à sa grande joie, que son nez raccourcissait. Mais tout de suite après elle cessa d'être une fée.

C'est maintenant une personne comme une autre. Nul ne sait qu'elle a été fée. Elle-même a oublié.

Un soir quelqu'un lui a montré une grosse étoile au-dessus de la ville et lui a expliqué: «C'est l'étoile d'une baguette magique qu'une fée un jour a cassée.»

Alors elle s'est mise à rire: elle ne croit pas aux contes de fées.